這本可愛的小書是屬於

的！

_____

國家圖書館出版品預行編目資料

兵兵生氣了－第一次離家出走 / 王明心著；吳應堅
繪.－－初版一刷.－－臺北市：三民，2005
　　面；　　公分.－－(兒童文學叢書.第一次系列)

ISBN 957–14–4214–3 　(精裝)

850

網路書店位址　http://www.sanmin.com.tw

© 　兵兵生氣了
　　　──第一次離家出走

著作人　　王明心
繪　者　　吳應堅
發行人　　劉振強
著作財　　三民書局股份有限公司
產權人　　臺北市復興北路386號
發行所　　三民書局股份有限公司
　　　　　地址／臺北市復興北路386號
　　　　　電話／(02)25006600
　　　　　郵撥／0009998–5
印刷所　　三民書局股份有限公司
門市部　　復北店／臺北市復興北路386號
　　　　　重南店／臺北市重慶南路一段61號
初版一刷　2005年2月
編　號　　S 856881
定　價　　新臺幣貳佰元整
行政院新聞局登記證局版臺業字第○二○○號

ISBN　957–14–4214–3　(精裝)

記得當時年紀小

（主編的話）

　　我相信每一位父母親，都有同樣的心願，希望孩子能快樂的成長，在他們初解周遭人事、好奇而純淨的心中，周圍的一草一木，一花一樹，或是生活中的人情事物，都會點點滴滴的匯聚出生命河流，那些經驗將在他們的成長歲月中，形成珍貴的記憶。

　　而人生有多少的第一次？

　　當孩子開始把注意力從自己的身體與家人轉移到周圍的環境時，也正是多數的父母，努力在家庭和事業間奔走的時期，孩子的教養責任有時就旁落他人，不僅每晚睡前的床邊故事時間無暇顧及，就是孩子放學後，也只是任他回到一個空大的房子，與電視機為伴。為了不讓孩子的童年留下空白，也不願自己被忙碌的生活淹沒，做父母的不得不用心安排，這也是現代人必修的課程。

　　三民書局決定出版「第一次系列」這一套童書，正是配合了時代的步調，不僅讓孩子在跨出人生的第一步時，能夠留下美好的回憶，也讓孩子在面對起起伏伏的人生時，能夠步履堅定的往前走，更讓身為父母親的人，捉住了這一段生命中可貴的片段。

　　這一系列的作者，都是用心關注孩子生活，而且對兒童文學或教育心理學有專精的寫手。譬如第一次參與童書寫作的劉瑪玲，本身是畫家又有兩位可愛的孫兒女，由她來寫小朋友第一次自己住外婆家的經驗，讀之溫馨，更忍不住發出莞爾。年輕的媽媽宇文正，擅於散文書寫，她那細膩的思維和豐富的想像力，將母子之情躍然紙上。主修心理學的洪于倫，對兒童文學與舞蹈皆有所好，在書中，她描繪朋友間的相處，輕描淡寫卻扣人心弦，也反映出她喜

因為這樣的童年經驗，當了媽媽的我，格外警覺孩子的心情。有些事不用心觀察體會，真的很容易就錯怪或誤解了孩子的想法。其實，跟成人的相處何嘗不是這樣？大人還容易為自己伸冤辯護，真相得以顯明。小孩常屈於權威之下，無法抗爭，或因表達能力有限，不知如何解釋。

　　了解孩子的不滿和委屈，他們需要大人們的耐心和傾聽。

4

兵兵生氣了

第一次離家出走

王明心／著

吳應堅／繪

「其_{ㄑ一ˊ}實_{ㄕˊ}都_{ㄉㄡ}是_{ㄕˋ}弟_{ㄉ一ˋ}弟_{ㄉ一ˋ}的_{ㄉㄜ˙}錯_{ㄘㄨㄛˋ}！」

「就像剛剛，
我舒舒服服在地上躺，
他非得一腳往我臉上踩，
痛得我一手把他推開。
弟弟坐在地上大哭，
爸爸媽媽馬上發怒，
說弟弟才剛學會走路，
我不可以這麼粗魯。」

「既然沒有人愛我，
我也不需要在這裡生活。
不如到外面闖江湖，
也比在家裡舒服。」
兵兵想著想著，不知不覺睡著了。

「哇——哇——。」
一早就被哭聲吵醒，
有人就是這麼掃興！
媽媽忙著哄弟弟喝奶，
爸爸在旁邊唱起歌來。
「沒有人理我！」

11

「路上好亂啊！」
交通這麼差怎麼行？
難怪爸爸改坐捷運。
騎樓上好多攤販，
賣的東西真好玩。
閃電 yo yo 不稀奇，
這個玩完會自己跳進口袋裡。

14

鍋子煮完會自動清洗，
媽媽再也不會嘆息。
一件襯衫可以兩面穿，
爸爸不用煩惱穿什麼去上班。
這個搖床真是ㄅㄧㄤ、，
弟弟一覺可以到天亮。

過多久了呀？

兵兵覺得睏又累，
真想躺下好好睡。

「好想他們哦。」

34　　　這是兵兵第一次離家出走，
第二次這輩子再也沒有。

王明心 ——————————— 寫書的人

　　靜宜文理學院外文系英國文學組畢業，美國俄亥俄州立大學兒童教育碩士。著有童書九本，譯有教育書籍二本。曾獲金鼎獎、阿勃勒獎，及「好書大家讀」推薦獎。

　　從小老想著要離家出走的王明心，現在還是想著。從臺灣流浪到美國，又在美國四處雲遊。想著會有一天，行囊裡只有一本書，一根笛子，走著走著，就走到雲裡。

畫畫的人 ——————————— 吳應堅

　　繪畫，對吳應堅來說，似乎是一件天經地義的事，從小就喜歡塗鴉，沉溺於色彩中，得過世界兒童繪畫比賽的第二名；進入國中後，由於老師的賞識，幫學校畫交通安全漫畫成為每個禮拜必做的功課，也因此每個月多了三百元的零用錢。能做自己喜歡的事，又可得到實質的回饋，對他來說，真是意外之喜。

　　因為他是那麼的喜歡畫畫，在自己努力不懈的堅持下，進入了復興商工就讀，服完兵役，又繼續於實踐學院攻讀應用美術。

　　至今，他常想，這一生要是不畫畫，還能幹什麼？也許心裡清楚得很，繪畫是他人生的方向，也唯有在繪畫中才能得到喜樂。畫紙上瑰麗的色彩，承載的是他童年所有的理想與夢。

GOGO 遊樂場

兵兵一氣之下，離家出走，外面的世界雖然多采多姿，可是兵兵越走越累，越走越想爸爸媽媽和弟弟，他該怎麼回到溫暖的家呢？你可以和同學或家人一起幫助他，看看誰最先讓兵兵回到家！

在路上撿到200元，送到警察局。

警察局

美容院

在美容院看美髮師剪髮，停玩2次。

寵物店

冰果室

麵包店

吃了麵包精神飽滿，前進2步。

兵兵 GO!

醫院

扶老太太過天橋，前進2步。

在百貨公司逛玩具部，停玩一次。

百貨公司

在圖書館忘記拿背包了，趕快回去拿。

家

和小朋友在操場上玩球，跌倒受傷了，到醫院治療。

學校

準備材料 骰子1個、跳棋的棋子。

進行步驟 先決定順序，再依次擲骰子決定可以走幾步，找同學、爸媽一起玩，2個人以上就可以玩囉！

兒童樂園

如果沒有跳棋，可以用橡皮擦代替，寫上名字或畫上自己喜歡的圖案，就可代表自己囉！

口渴了，到冰果室買果汁喝。

圖書館

37

兒童文學叢書
・第一次系列・

童年無法NG，生命不能重來

三民書局最新出版

兒童文學叢書・**第一次系列・**

提供孩子生活所需的智慧維他命，騎腳踏車！

與孩子共享生命中的成長初體驗！